句集

四季の彩り

鶴見ふじ

文芸社

句集・四季の彩り

平成三年

春灯の暗くやわらかグラスゆれ

盛りあがる雪しろどっと岸打てり

わがからだゆっくり沈む雪の道

背な少し見せて蛙のまだ覚《さ》めず

北国に来て履《は》きそめし雪わらじ

川音のとだえて夕の橋おぼろ

郭公《かっこう》に下校児口を鳴らしけり

一隅《ぐう》を占めたるがよししゃがの花

牛が尻こするカシの木若葉ゆれ

金雀枝《えにしだ》の細《さ》枝の先のみどり濃し

蕗《ふき》のとう茶垣くぐりてとなりまで

野は少し風出《い》づるなり種下す

楤《たら》の芽のひらき雑木となりにけり

雪しろに乗りて下るや木の根っこ

谺《こだま》とはならぬさざめき春山路

郭公に朝《あさ》餉《げ》の箸のとまりけり

曇《どん》天《てん》や宙にかがやく麦穂波《なみ》

紫蘇《しそ》のびてひとかたまりの暗さかな

遠雷につり舟草のゆれやまず

水張るや萍《うきくさ》泳ぐ休耕田

初蝶の帰心うながす旅の空

堰越ゆる水音ばかり夏の月

沢観音わが発心の梅雨晴間

どうだんの垣にふわりと蛇《へび》の衣《きぬ》

杣の影映《うつ》り沢蟹《かに》見失しなう

堰水にゆっくり跣《はだし》みがきけり

流れくる生姜畑の風に酔う

夏草や鈴の音流れ薬師堂

芋蟲の黒のビロード装いけり

平成四年

植えてゆく早苗撫《な》でゆくもののあり

田水張るいつもどこかに父のいて

居心地のよくて八ツ手のかたつむり

ざわめきて芽吹きいそぐや雑木林

鍬《くわ》にぎる力抜けゆく目借時

敷石を囲みたんぽぽ色の濃《こ》し

山門に傘しずく切る春コート

啓蟄の雨やわらかく畑に沁む

草青む乳房おもたき産後牛

雨催《もよ》い雨情の旧居梅明り

突走る畦火すなおに曲りけり

雪領やむらさきの雲かくれけり

下野の自転車盾《たて》に女かな

霜晴の山路寝息のような風

鶲《ひわ》のくる田川の中洲雪のこる

梅白し裏枝のまだ蕾《つぼみ》にて

帰還舟博多港の聖五月

市場通り午後のしずもり栃の花

熊笹の縞なまめくや若葉雨

つばくらめ水の面《も》たたき来たりけり

鳥雲に再び見えて待ちつくす

春昼や鉄橋わたる女の子

青き踏む小鳥さきき立つ堤かな

笹の根を洗いつくして雪解かな

新天地母子一つのぶらんこに

どっこいしょ一歩重たげ蛙出《い》づ

柏の芽振り落すなり古き葉を

白魚揚げワイン白より赤にせり

ぶらんこの音に合せて鍬かるし

海の砂底に残りし浅利汁

露草の踏まれふまれて色あせず

平成五年冷害の年

穂の垂《た》れる田に満月のとどまれり

穂《ほ》の垂《た》れぬ田に満月のとどまれり

柿落ちて寝ころぶ猫の目が動く

一粒のかたさをかんで不作の穂

後先へ声とび交す茸狩《きのこ》

椿の木好きで離れず鶸《ひわ》四五羽

大根漬今年の石の重きかな

朝刊に花粉こぼるる八ツ手かな

厚き舌すべりて牛の息白し

うかつなり花柊《ひいらぎ》の葉に触れぬ

もてなさる雲丹《うに》の紅《くれない》杉の箸

消防車野焼きのけむり受けて待つ

ツバメ軒に来るまで古巣見守りぬ

戻り来し恋猫のため缶を切る

バス下りて柚子《ゆず》の空なり母の村

如月《きさらぎ》や農婦あれこれ書き足せり

ぶつかりぬ花粉まみれの虻一匹

種芋を伏せてゆく土ぬくもりに

空瓶に外国船や春の堤

切られてもはねて後追う蜥蜴《とかげ》の尾

菩提寺の裏に風吹く花大根

萍《うきくさ》やまだ一寸のひげ根っこ

麦刈って庚申《こうしん》塚の展《ひら》けたり

どろの香を馳走されたる泥鰌《どじょう》汁

夜具の襟真白く替えて夜の秋

青鷺《さぎ》と十歩離れて息通う

河骨《こうほね》の黄の浮く沢に膝ぬらす

住む人が変わる社宅の白木槿《むくげ》

一面の南瓜の花に蛇つぶて

旅先の匂う夜店に吸われけり

寝《い》る子《ぬ》を手渡されたり麦の秋

水もれを手早くふさぐ喜雨《きう》の中

市場の午後とんとん歩く鴉《からす》の子

軽やかに天牛長き角《つの》さばく

父の忌を修《しゅう》す菩提寺梅三分

寒鴉《がらす》下げし袋をみのがさず

野火燃えて走りて野火の風を生む

ふっとんで来る小犬や春の泥

本降りになりたる喜雨の只中に

本丸の空葉桜に失《うし》なえり

野菜畑秋立つ風を握りけり

春霙《あられ》傘を斜めに長き橋

ナス畑雹とびはねて駆け抜けり

咲きぬれて今朝の紫鉄線花

水かげん青田に教えられにけり

茨《いばら》咲く丸太のかかる向う岸

下校の子まだ気づかぬや麦鶉《うづら》

きなくさきまで日当れり大根干す

かたわらに爪とぐ猫と障子貼る

冬の山祖父の植えたる杉太し

手をあげて綿虫ふれし指の先

葉隠れに一房ゆれる青木の実

夜や長し旅にて得たるランプの灯

稲刈って鳥入れかわる鴉かな

色鳥来る流れ二筋《すじ》水浅し

鈴虫の今宵鳴きそむ猫の留守

吾《われ》亦《も》紅《こう》ひょろと芒に寄りかかり

芋の葉にダイヤモンドの白露かな

鶺鴒《せきれい》と浅瀬に眼《まなこ》合せけり

鶺鴒やテトラポットを折り返す

銀の露むらさきの露おどる畑

岩清水小鳥のあとに顔濡らす

沢瀉《うきくさ》の咲きて広がる休耕田

炎昼やどじょう汁食う誕生日

白鷺と立ち憩《いこ》いたり田草取る

大学の空を染めたる寒紅梅

新しき杭われさきに蜻蛉《とんぼ》くる

三本のトマト生き抜く冷夏かな

露草をコップに挿《さ》せる厨《くりや》かな

語りかく鍬の先なる蛙《かわず》かな

泥田中男煙草をふかしをり

花蛇の背のなめらかにふれしけり

たんぼはに足囲まれて腰かける

庭隅にタイ米ほどのすみれ草

つばくらめ今来たばねり古りし納屋

平成七年

梅干の種に安らぐ朝茶かな

一匹は逃げおおせたり根切蟲

田廻りの欠かせぬ五月来りけり

空の青こぼれし畦の犬ふぐり

線路ぞい今年の土筆摘みにけり

底みえて太り来たりし春の川

藁《わら》の手をにぎりしめたる花豌豆

ビニールを敷きて花見の別の顔

白魚の食事の膳に去りがたく

春灯に佇む若さのありにけり

春塵に盛装の髪あほらるる

ちらばって土手に膝つくよもぎ摘み

紅淡く芽のおずおずと茨かな

イヤリング風邪のマスクをはずしおく

舌あつき生姜湯に風邪ふっとびぬ

胡瓜畑朝の蟋蟀《こおろぎ》今目ざめ

ささげ飯供え厄日の空を見る

一幹に三回鳴きぬ法師蟬

千両に正午より日のとどきけり

水垢《あか》の寺の筧《かけい》や曼珠沙華《まんじゅしゃげ》

しばらくは崖滴《した》りに手を濡らす

水もれも手馴し植田一めぐり

俄か雨もらさぬ山の茂りかな

蟻の列地下たび一歩ゆずりけり

白鷺の畦に一列首ふえて

よどみなきつくつく法師きく厨

いのこずちまたすがりつく野良着かな

水色の朝顔並ぶ鉄路柵

それぞれの芽吹き眩《まぶ》しき雑木林

野鼠の穴ぽっかりと欠伸《あくび》せり

葉がささえたり盛り上る大牡丹

福寿草庭の片隅輝けり

整列す丈不揃いの葱坊主

朝霞突きやぶりなり耕耘機

杜若《かきつばた》水際の杭見えかくれ

もり上る野川の小堰田水張る

ふえてくるやわき葉裏のかたつむり

芽吹きたる辛夷《こぶし》曇天突き上げる

ふまれつつ土手の草木瓜《ぼけ》紅ひけり

春灯や暗きのれんに吸われ入る

低き木に鷺の来て初啼けり

真夜の庭えんま蟋蟀授かりぬ

栃の実の二つに割れていたりけり

鎌入れる千本湿地の塊りに

さらさらと手馴れし人と籾を蒔《ま》く

繫《つな》かれて花菜へのびる牛の舌

ゴム足袋をはかず田に入る跣《はだし》好き

今年この田水沸きたる只中に

水際の杭《くい》ふんばるや杜若《かきつばた》

刈り上げやブランデーで焼く帆立《ほたて》貝

初燈る馬と狐の家敷神

会釈する少年の瞳《め》の新涼かな

秋立ちて形よくなる瓢《ふくべ》かな

山茶花のこぼれて蕾浮き出つる

立冬や赤味さしたる蝗《いなご》の背

川涸れて石と鴉《からす》の睦《むつ》みけり

もみじ狩落人村の笠を買う

鳥影に春虫さっとすべり落つ

初夢の男に地酒の封を切る

老梅の手入れ手たれの鋏《はさみ》かな

やわらかき土盛りあけて大土竜《もぐら》

イヤリング風邪のマスクにかくれけり

平成八年

茂る山ピンカラカラをまねてみる

水仙のつぼみひしめく垣根ぞい

蜥蜴《とかげ》の子猫の口より奪いけり

住宅に囲まれし田の紫雲英咲く

根切虫つまみ出したるおさななり

川向う指さされたる花擬宝珠《ぎぼうし》

猫の眼ににらまれて食う串の鮎

網戸して庭の花々遠くせり

霊園の出店に赤きかき氷

白鷺《さぎ》の朝のひと声近きかな

木苺の針さみどりや野風中

摘む芹のなかぎ白根の土払う

有難や老母手打ちの晦日そば

糸とんぼ低くとんでは野にすがり

枇杷熟れて小鳥いくたび味見せり

なによりも燗熱くしてねぎらえり

はらわたの捨てがたき味さんま焼く

日々くずれいて山茶花の咲きつづく

日の暮れの蔓の眼の動き出す

口あきて目立ちすぎるよ通草《あけび》の実

畦火消えぽっかりと空《あ》く鼠穴

見えて来るあえぎてのぼる彼岸寺

畦塗《ぬ》りて板切れ一枚水加減

選ばれて種芋畝に並びけり

砂防林銀纓梅に缶茶おく

鍬とめて眼が追いかける揚雲雀

土やわく地虫しきりに出たがりぬ

金纓梅の久し山家の片隅に

嫁が君（正月のねずみ）出口入口知りつくす

ひたすらに蟹の脚食う上手《じょうず》下手《へた》

春宵の誰かに出逢いそうな径

祖父の世のちらつく鎮守の桜かな

芋虫が待っていたりし日蔭畑

鈴虫の翅たたみたる夜明けかな

太りたる菜虫は草へのがれたり

栃の実の落ちて二つに割れにけり

百の虫百の声出す草の闇《やみ》

もじゃもじゃの蕎麦の花咲く畑明り

餅搗機しゃもじにぎりて息合わす

ぬか床に黴《かび》やわらかく盛り上る

泥まみれ一《ひと》日終りの麦湯濃し

俄か雨もらさぬ山の茂りかな

冬菜畑青やわらかくもりあがりたる

ほの暗き生垣ともる烏瓜《からすうり》

生垣にほのとからまる烏瓜

うす霜のかかり蕪《かぶら》の味となり

市場午後栃の実一つ落ちてはね

紅薯の旬の細身を掘りおこす

ひとときを芋の葉にのる丸い月

秋灯に広告の裏書き散らす

境内のコスモスにふれ会釈せり

冬蝗力しぼりてひざにのる

まろやかに頭を整えし箒草

前のめるなんばんの花起き上り

霜下りてよりひと味の畑野菜

今年米ひとにぎりして馬の碑へ

公園の木椅子に霜のかかりけり

葱鮪《ねぎまぐろ》今日のくたびれうすれけり

鵇の仔刈田の上を飛び習う

藁の手にさっとつかまる蔓豌豆

不出来なる草餅みんなうまそうに

麦刈機午後までもたぬとの予報

新茶さげつもるはなしの姉来る

姉さまのつもるはなしに新茶のむ

あめんぼう水たたきゆく長き足

麦の秋田水そこまできていたり

蜥蜴《とかげ》の子親になりたる庭の石

おぼれそう庭のあじさい海の色

田植機の男たばこのほしい刻

花菖蒲《はなしょうぶ》野川の杭をかこみたり

踏むまいぞわずかなり咲くクローバーかな

ライラックほのと一枝庭師より

空よりも素敵な畦の犬ふぐり

頬被り古手拭のやわらかき

青い首のばしすぎるよ大根引く

ほほ伝う大工の汗の木の匂う

あの方へ蕪漬の塩加減せり

板の間に冬至南瓜のころがれり

去りぎわのまたすみやかな法師蟬

美しき傘のもろさよ紅きのこ

背中よりかじりて食えし串の鮎

西瓜畑一つやるよと大きな手

ひそむ蛇ほたる袋のこぼさざる

水口は昔の匂い濁り鮒

田水沸くことなきままの昏れにけり

すっと立つ小花あふるる竹煮草

女二人跣足《はだし》となりし深田かな

一雨のありて黒土大根蒔く

一房の重み掌にする葡萄棚

月光のとどきし破れ障子かな

月代《つきしろ》の芝生にグラス相触れし

行き過ぎてふり向く風の金木犀《きんもくせい》

七十年筑波二夕嶺の初景色

ぬくもりの自筆一行賀状かな

初市やもまれもまれいる黄鮒

初鴉畑に親しき声落とす

常の道深く礼する恵方かな

藁深く色のふくらむ牡丹の芽

福笹の小判を肩に乗せて来る

青き踏む泥だらけの足袋向くままに

野弁当皮脱ぎこぼす猫柳

寄りそって盛り上げるなりさくら草

朝焼の小堰押しあう芥《あくた》かな

五つ仔の舌にふれたる牛の春

鴉の餌すすめが奪う鍬初め

餌袋はや春禽の眼が動く

更紗《さらさ》木瓜ため息つきて散りにけり

百日紅《さるすべり》箒《ほうき》もちたる僧若し

ざくと割る西瓜に走る笑いかな

しばらくを幹に手を当て百日紅

午後の五時庭の白粉花ひらく
夏帽子《えぼし》とばされつぶれまたかぶり
ただうれし青田に水のかかりいく

ふらさがる峡の木苺こがね色

ほめてもぐ赤みさしたるミニトマト

濁り来て力得たりし春の川

萍の小花はびこる休耕田

三匹を抱いてあずかる金魚玉

田植機が女にのこす手植かな

もじゃもじゃの小枝の木瓜《ぼけ》の紅つぼみ

二つ三つ穴踏みつぶし追う畦火

笹鳴や午前十時の裏藪に

白梅や渓の音まだ目がさめず

きず深しかりんの青き実が落ちる

にげもせぬ青虫つまみつぶしたり

黄葉降る打たれいて連れ見失しなう

石白き川原に冬の鴉下り

釣舟草めがけつながる蜘蛛の糸

順調に早稲の出穂なり猛暑にて

盆の水たっぷり呑ます愛馬の碑

衣を脱ぐ蛇六尺の衣脱ぐ

やわらかき合歓の寝息の伝われり

皮だけを残して鵯胡瓜喰む

屋敷神冬たんぽぽに囲まれり

恐縮ですが
切手を貼っ
てお出しく
ださい

112-0004

東京都文京区
後楽2－23－12

(株) 文芸社

ご愛読者カード係行

書　名			
お買上 書店名	都道府県　　市区郡　　書店		
ふりがな お名前		明治 大正 昭和　年生　歳	
ふりがな ご住所	□□□-□□□□	性別 男・女	
お電話 番　号	（ブックサービスの際、必要）	ご職業	

お買い求めの動機
1. 書店店頭で見て　2. 当社の目録を見て　3. 人にすすめられて
4. 新聞広告、雑誌記事、書評を見て（新聞、雑誌名　　）

上の質問に1.と答えられた方の直接的な動機
1. タイトルにひかれた　2. 著者　3. 目次　4. カバーデザイン　5. 帯　6. その他

ご講読新聞　　新聞	ご講読雑誌

文芸社の本をお買い求めいただきありがとうございます。
この愛読者カードは今後の小社出版の企画およびイベント等の資料として役立たせていただきます。

本書についてのご意見、ご感想をお聞かせ下さい。
① 内容について

② カバー、タイトル、編集について

今後、出版する上でとりあげてほしいテーマを挙げて下さい。

最近読んでおもしろかった本をお聞かせ下さい。

お客様の研究成果やお考えを出版してみたいというお気持ちはありますか。
ある　　ない　　内容・テーマ（　　　　　　　　　　）

「ある」場合、弊社の担当者から出版のご案内が必要ですか。
希望する　　希望しない

ご協力ありがとうございました。

〈ブックサービスのご案内〉
当社では、書籍の直接販売を料金着払いの宅急便サービスにて承っております。ご購入希望がございましたら下の欄に書名と冊数をお書きの上ご返送下さい。（送料１回380円）

ご注文書名	冊数	ご注文書名	冊数
	冊		冊
	冊		冊

翔ぶ構えして白鷺のふり向けり

楠木樹萌黄色なる梅雨の空

農機具のうなり出したる朝曇り

朝曇り鎌の切れ味つつきけり

黄あやめの丸太橋なりしつかとす

足とまる額花匂う薬師堂

冬日中放れしチャボが猫を追う

ぶらさがる峡《きょう》の木苺こがね色

芋の葉に雨の大粒来りけり

らっきょうの紫小花霜の波

柿赤し鳥啼かぬ日の落しけり

鳴く虫に誘われながら歩みゆく

春昼の仔牛背中を痒《かゆ》がれり

鈴虫の残る一匹もう鳴かぬ

街路樹の栃の実さがす市の午後

月照らす屋台に忘れかけし人

平成九年　中央公園吟行句

正門を入れば真赤なチューリップ

声ほのか鴨すべり来る春の池

地下たびに土の荒息暖かし

啓蟄の光りさし込む鼠《ねずみ》穴

にぎり合う手の暖かしじゃあまたねー

木の芽山入口に来てくしゃみせり

早朝の牛舎はくれん明りかな

一株の稲の手応《てごた》え四隅刈る

隣りより伸び来る柿の枝重し

倒れぐせ黄菊白菊括りけり

石蕗《つわ》の黄に日がとどくなり午後三時

一鳥のこえ緊《しぼ》りたり冬の山

黙々と父とならびて田草取る

寄りかかる石たよらずに石蕗の花

曼珠沙華炎ゆる鹿沼の田んぼ辺り

鈴虫飼う昼間よく食みよく寝ねり

冬の藁《わら》二十鼠《ねずみ》の子が潜む

北風や話しとぎれるまま歩む

餌《え》袋をひととき待たす寒雀

野ぶどうやつくりてみたきネックレス

平成十年

甘き香の五寸人参洗いけり

冬菜青し畝にひと味見えてくる

山茶花のくずれて蕾浮きあがる

初時雨釜川の鯉跳ねかえる

蜂屋柿男の下に女受け

坪庭に回る親しさ石蕗の花

蟷螂《とうろう》の悔なき姿にて果てる

冬鴉畑に親しき声落す

旬になる深き白身の葱を引く

冬蝗背なほのほのと赤みさす

帯雲のじゃましてをりぬ障子貼り

ひとにぎりほどの初髪結いにけり

もてなされ頬あつくなる寒椿

晩酌の二合に生きて年迎う

藁まとい紅ふくらみし寒牡丹

午後三時仔猫二匹の蚤しらみ

新年の自転車空気深く吸う

輪飾をつけて寄り添う盲導犬

摘む芹の長き白根や土払う

七草やとなり村まで来てしまう

ひとり分急ぎ追加すお年玉

帰路たのし受けし破魔矢の鈴が鳴る

鎌の先菠《ほう》薐《れん》草《そう》の紅根っこ

工事場の茶髪に雪のかかりけり

早春のやわくふくらむ土愛す

弔問す低き垣根の連翹《れんぎょう》かな

蟇《ひきがえる》庭に姿をあらわせり
足に合う靴のやすらぐ冬はじめ
青葱の立ち直りたる細身かな

人参を下げて立ちよる兎小屋

入念に洗いし葱の目をうばう

枇杷の花厚葉かくれにうごくもの

こんなにも干してふくらむ古布団

向きかえて厚き葉うらの青蛙

合歓の花堰の水嵩豊かなり

藁笠に初霜かかり庭端に

春灯や洋酒のグラスときめきぬ

畑の茄子根つきし幹の紫紺かな

新緑の仔牛鼻輪を通しけり

空を読むことも父より麦の秋

【著者プロフィール】

鶴見　ふじ（つるみ　ふじ）

大正8年9月、宇都宮市の農家に生まれる。

昭和17年、あこがれの旧満州に生活し、戦後日本に引き揚げ、23年より農作業に励む。

昭和60年、公民館にて俳句会の同志として学ぶ。

現在も農作業のかたわら俳句を楽しむ。

句集・四季の彩り

2000年12月1日　初版第1刷発行

著　者　鶴見《つるみ》ふじ
発行者　瓜谷綱延
発行所　株式会社文芸社
〒112-0004　東京都文京区後楽2-23-12
電話　03-3814-1177（代表）
03-3814-2455（営業）
振替　00190-8-728265
印刷所　株式会社平河工業社

乱丁・落丁本はお取り替えいたします。

ISBN4-8355-1016-X C0092